Das Scheitern der Schmetterlinge

Carlo Spiller

Amsel Verlag Zürich

Für Ronja

I. *Die Löcher im Parkett*

ansage

durch veränderte zeiten
fliesst verworren
ein unverständnis
eine inkompatibilität
ein unvermögen
ein scheitern

eins

singende zwischenzeiten
zitternde hände im laub
versuchen begierig das glück zu erhaschen
und finden die melodie

nachmittag / vorleben

sieben sommersprossen
singen mit weissen backen
des bäckers mehlstaub
an einem siedendheissen nachmittag

umschweife / verzögerung

die nutten sitzen draussen in der sonne
der zirkus ist bereits aufgestellt
hammerjoe tätowiert seine mutter
während der cadillac trotzdem vorfährt
der thai hat noch nicht ausverkauft
und ich rauche nach dem essen

thaifood echt scharf
aber wenn ich wasser trinke erscheinen palmen
und strand
heisse wüste mit oase
ich kenne die leute da
das sind meine freunde von vor langer zeit
ich steige ab vom esel
und führe ihn mit den zügel
ich esse datteln
zwischen diesen schattenschachteln
gezeichnet wie mit bleistift
oder war es doch der rabbiner?
ich setze ab vom wasser
und ende in den gassen des septembers

ein wind fährt leicht durch die allee
und ich sehe die blume in deinem haar
ich bin gebannt
und kann für den rest der stunde
nirgens anders mehr hinblicken als in diese allee
mit dir und deiner blume

wir stehen auf dem balkon du sprichst
ich höre dir zu
und du fragst mich etwas ich sage ja
aber erst
gib mir eine zigarette

vorahnung

die schatten werfen violett
hat sich gelegt zwischen die strassen
eine dunkle vorahnung säumt die glühbirnen
hallen wider von den passanten
verlaufen sich im letzten licht des abends

zwischenzeiten

das wissen verfängt sich in den kronen
bleibt hangen und die studenten
ziehen ohne davon
lassen es zurück im kampf
mit den strahlen eines freizeit schreienden himmels

und das zu recht
langsam heisst die sommersonne
den herbst willkommen

die farbenlehre wirft ihr spektrum
direkt in mein gesicht
dahinter versteckt sich eine einigung
auf die ich keinen einfluss hatte
ein geräumter kampfplatz vielleicht
auf dem sich tonnenweise minen tummeln

das kaleidoskop entfaltet sich
wie das innere rot einer reifen feige
auch wenn eine definitive entscheidung
darüber zu treffen nicht möglich ist

schon wieder du

du hast mich vergessen in der zeit
seit langem verloren unser letztes treffen
wer betreibt die arithmetik unseres entzweiens?

beizeiten beschleichen mich zweifel
über die rose die ich dir reichte
langsam zeichnest du die fragile linie
deines lebens weiter und nur zitternd und am rande

bin ich im leeren raum daneben zu erkennen
ich bin eingeflossen in deinen entwurf
hinterlasse spuren im radierten

rancune

gestern war alles noch schön
die sonne ging unter
und einmal noch auf
da sah alles anders aus

eine zeitlang schien es
als hätte sich eine konstante eingeschlichen
die dauern sollte
ein minuziös komponiertes lied

der bogen erschlaffte
schaffte den pfeil nicht weit
es brachen in sich zusammen
die trümmer sprechen nicht

jemand hat die uhr umgestellt
alles läuft nach einem anderen ticken

der refrain ist ausgeblieben

helft mir

ich versinke

eine andere ausgangslage

wir liegen im rondell
der zirkus rund um uns herum
beginnt aufzuwachen

was stört es uns? es ist uns egal
erst als wir an die kinder denken
wechseln wir in die waschküche

zwei

du heisst mich willkommen
in deinem garten
vielleicht hast du nicht auf mich gewartet
aber ich bin trotzdem eingetreten
und spätestens ab dann
war ich bestandteil deiner flora

du zeigtest mir deine gewächse
ich habe sie staunend angesehen
mitten in dem getümmel
roch ich an einer blume steckte
meine nase so tief rein
dass es mir schwer fällt
den geruch wieder zu vergessen

du bist auf einen baum geklettert und ich
folgte dir
das geschrei der affen um uns
haben wir ignoriert

du sagtest bleib so
und ich gehorche dir gerne

in den spalten der gabel

seit ich bei dir eingezogen bin
hat sich eine geheime leere breit gemacht
sie wölbt sich über den salat den wir am abend essen
und den duschkopf

sie hat sich eingeschlichen
in die spalten der gabeln
den gewaschenen wie den ungewaschenen

immer wieder muss ich rufen:
ich bin ein anderer mensch als du!
wir sind nicht zweimal derselbe mensch!

hinter mir nichts als wüste

II. *Im Schatten der Serail*
In der Schatten der Nische
In der Nische der Schatten
Die Nische im Serail
In der Nische der Schatten-Serail
Im Schatten der Serail

Ein Zug, eine Fahrt
Die Einfahrt eines Zuges, eines unbekannten Zuges
Die Koffer sind gepackt, ich habe dabei:
Eine Zahnbürste
Einen Kamm
Eine Telephonschnur
Zweimal zwei Socken
Dreiundfünzig Locken in der Telephonschnur
Zweitausend Fäden in den Socken
Die Koffer sind gepackt, ich habe dabei
Ein EIN mal EINS
Einen Lippenstift
Den Koffer
Das Leder des Koffers
Am Koffer den Henkel des Koffers
Den Geruch des Leders des Koffers
Den Platz im Koffer
Den nicht ausgefüllten Platz im Koffer
Zwischen den zweitausend Fäden der Socken
Zwischen den Locken des Kabels
In der Lok den Dampf
Im Dampf die Teilchen

Im Dampf die Hitze
Ein Zug fährt ein, er ist unbekannt
Ich habe die Koffer gepackt, dabei
Hat sich die Sicht auf die Landschaft verändert
Die Koffer sind gepackt, ich habe dabei
Vergessen zu sagen, dass ich gar nicht fahre
Der Zug fährt, ich fahre nicht
Ich habe die Koffer gepackt, ich habe dabei:
Rollende Räder des Zuges
Ich habe dabei:
Eine Zukunft, keine Vision der Zukunft
Ich habe dabei vergessen zu sagen
Dass ich eine Vision der Zukunft zuhause
vergessen habe
Ich habe vergessen zu sagen
Dass ich einen Kamm bei mir habe
Ich habe vergessen zu sagen
Der Zug ist abgefahren
Er ist schon lange abgefahren
Schon als ich sagte:
«Im Dampf die Teilchen»
Ist der Zug schon abgefahren
Das habe ich behauptet, der Zug sei abgefahren
Das habe ich behauptet, ich sässe in einem Zug
Ich habe dabei:
Rollende Räder des Zuges
Eines unbekannten Zuges, den ich gar nicht kenne

Ich kenne den Zug gar nicht
Habe ihn behauptet
Warum findet das niemand merkwürdig
Dass ich behaupte,
    in einem behaupteten Zug zu sitzen
Der rollende Räder hätte und dass ich behaupte
Ich hätte eine Vision der Zukunft zuhause vergessen
Warum findet das niemand merkwürdig
Dass ich in einem behaupteten Zug zu sitzen
Behaupte und behaupte, ihn nicht zu kennen?
Den Zug gibt's gar nicht,
    vielleicht, vielleicht sitz ich gar nicht drin
Ich habe dabei:
Einen fahrenden Zug
Einen vollgepackten Koffer, der nach Leder riecht
Den Schein einer Nachttischlampe
Habe ich dabei habe ich vergessen zu sagen
Dass der Zug schon abgefahren ist, einen Zug,
    den ich gar nicht kenne, ich habe vergessen zu
    sagen, dass es den Zug gar nicht gibt.
Und dann plötzlich: Kathmandu
Und dann plötzlich: Das Rheindelta
Und dann plötzlich: Die Kapuzineraffen
    von St. Martin

Verzeiht mir meine Vergesslichkeit
Plötzlich alles wieder von vorne

Plötzlich: Der Gehsteig vor dem Haus
Plötzlich: Das Dankesbriefchen von Gestern
Plötzlich: Die Biegung der Donau bei Umsk
Plötzlich: Die Sicht auf die Landschaft hat sich
verändert, ich bin vorbei gefahren, ohne das zu
erwähnen, ich habe dabei ganz vergessen zu sagen,
verzeiht mir meine Vergesslichkeit,
sie ist sprunghaft.

Ich habe dabei ein Wörterbuch
Ich habe dabei Kathmandu
Ich habe dabei vergessen zu sagen,
dass der Zug schon lange abgefahren ist
Ich habe dabei vergessen zu sagen,
dass ich eine Vision der Zukunft zuhause
vergessen habe
Ich habe vergessen zu sagen,
dass ich einen Kamm bei mir habe
Ich habe vergessen zu sagen, der Zug ist abgefahren
Dann plötzlich: Reisen

Am Abend in schäbige Klubs mit anderen Touristen
Drogen nehmen im Zimmer
Drogen nehmen im Club
Ich bringe es nicht fertig, aus Kathmandu, aus Umsk
Aus Buenos Aires, aus St. Martin wegzugehen
Ich bleibe immer in derselben Stadt

Am Punto del Diablo: Ruhezustand
Am Strand liegt eine tote Seekuh
Es stinkt
Wir baden
Wir haben Sonnenbrände
Wir werden eingeladen von Mädchen
Deren Haus habe ich nicht gefunden
Habe ich ganz einfach nicht gefunden in den Dünen
Dann bin ich wieder nach Hause
Ich gehe heim

Ich kenne das Vertraute nicht mehr
Das Vertraute ist langweilig
Die Ferne ist weg
Das Vertraute ist fremd

Zudem habe ich vergessen zu sagen,
    dass ich eine Vision der Zukunft zuhause
    vergessen habe
Zuhause scheint sie nicht mehr zu sein.

Eine Welt geht unter

Ich war gerade in der Sonne.
Da ging die Erde unter.

Ich wollte noch was sagen.
Da ging die Welt schon unter.

Ein Blick, eine Drehung, ein Biss,
    ein angefangenes Wort,
    das Eis schwebt vor den Lippen
Als in einem Zucken die Welt unterging.
Nicht einmal ein Zittern, die Welt
    – schwupp – ging unter.

Der Mann ging weiter, die Lippen leckten jetzt das Eis und jemand beendete seinen Satz tatsächlich oder sagte: «und dann ...» oder: «und du?»

Die Gedanken setzten aus, für einen Moment,
und fügten sich neu zusammen,
auf der anderen Seite der Welt grub jemand ein Loch
und die Welt ging unter.

Nicht in Flammen oder grosser Szenerie,
ganz bescheiden, unbemerkt ging sie unter und
formte sich neu.

Es gibt eine Schneckenart, die schleicht sich an Insekten ran. Die Insekten sind so gross wie ein Blatt und die Schnecke vielleicht etwa fünfmal so lang und sie schleicht sich so ran. Obwohl das Insekt riesige Fühler hat, um die Gegend rundherum zu sondieren (und die Gegend rundherum sondiert), kriecht der Schneck unter diesen Fühlern hindurch und bespritzt das Insekt mit Schleim, der kommt aus zwei Löchern raus, wie zwei unkontrollierte Gartenschläuche spritzt der Schleim auf das Insekt, das sich gerade noch retten will, doch durch das Zucken verfängt es sich im Schleim und die Schnecke schleimt sich über das Insekt und beginnt es auszusaugen. Die Welt ging unter.

In einem Zucken ging die Welt unter und es entstand eine Neue und es gibt eine Schneckenart, die hängt sich zur Paarung von Bäumen nieder. Sie sieht aus wie ein geringelter Nacktschneck. Haben sich zwei gefunden, hangen sie sich von einem Ast eines Baumes hinunter und verquirlen sich dabei ineinander. Weil es ja Zwitter sind, die Schnecken, fahren beide ihr leuchtendes Teil aus, und das Teil leuchtet im Dunkeln, es ist dann ein Nachthimmel und zwei leuchtende Schnecken am Baum zu sehen. Diese leuchtenden, ausfahrbaren Glieder quirlen sich noch einmal ineinander und baumeln in die Tiefe. Da befruchten sich die beiden Schnecken gegenseitig und beide tragen Eier. Sie fallen vom Baum, plumpsen ganz unelegant auf den Boden. Nach diesem Schauspiel von höchster Eleganz lassen sie sich ganz unspektakulär auf den Boden platzen. Da liegen sie und sehen aus wie zwei ganz normale, geringelte Nacktschnecken.

In diesem Augenblick ging die Welt unter und hörte einfach auf zu sein.

Im Schatten der Serail

Es gibt ein Serail, ein bestimmtes
Da drin tummeln sich Kinder mit Turban
Sie sitzen an der Küste im Osten
Im Serail drinnen hat es Sultane
Die laufen herum mit Turban und sind wichtig
Es gibt ein Serail, ein bestimmtes,
    das liegt im Osmanischen Reich
Genauso wie es eine Donau gibt
    oder die Biegungen in der Donau
Genauso wie das Wasser in der Donau die Donau
    hinunterfliesst, tummeln sich Kinder im Serail
Es gibt einen Weg entlang der Donau
    und die hat einen Knick,
Also tragen die Menschen im Serail Turbane
Es gibt ein Serail, ein bestimmtes
Das gibt es gar nicht,
    das ist so in unseren Köpfen drin
Da tummeln sich Kinder mit Turban
Im Schatten des Serail
Steht ein Baum, in dessen Schatten
Sitzt ein Mensch und denkt sich
Es gibt einen Weg entlang der Donau,
    also tragen die Menschen im Serail Turbane.

Schweigen löscht Reden aus
Aus Reden entsteht Schweigen
Aus dem Schweigen entsteht Reden
Schweigen und Reden sind Gegensätze
Sie können nie gleichzeitig sein
Ausser ich rede, um etwas zu verschweigen,
    ich rede, um nicht über etwas anderes zu sprechen
Ich schweige, du schweigst, er schweigt,
    wir schweigen kollektiv, wir schweigen so oft
Reden ist Silber, schweigen ist Gold, sagen manche
Ich schweige während dem Reden,
    ich sage etwas, um etwas anderes nicht zu sagen

Die Lüge ist ähnlich
Die Lüge ist, mit ABSICHT etwas Falsches zu sagen
Lügen und Schweigen unterscheiden sich
Ich lüge nicht während ich schweige,
    aber ich kann lügen während ich rede
Ich kann schweigen oder lügen während ich rede

Das Schweigen im Reden
Gibt es sehr selten

Ich kann schweigen oder lügen während ich rede,
kann ich auch während dem Lügen schweigen?
Wenn ich Etwas lüge, um etwas Anderes nicht zu
erzählen, schweige ich während ich lüge

Ich schweige du schweigst, er schweigt,
wir schweigen, wir schweigen so oft
Ich schweige gerade jetzt
Ich schweige, er schweigt, wir schweigen so oft

Eine erfundene Geschichte ist nicht gelogen
Wenn jemand sagt, unter Wasser gibt Eins mal Eins
Null, dann ist das keine Lüge
Vielleicht hat er einen Witz gemacht

Ich schweige du schweigst, er schweigt,
wir schweigen, wir schweigen so oft
Ich rede mit dir über Fische
Gestern noch hast du mich gefragt, was mit diesen
Fischen sei
Ich habe nichts geantwortet
Als du mich gefragt hast, was mit diesen Fischen sei,
habe ich über dich geredet.

Das wolltest du nicht hören, du wolltest wissen,
was mit diesen Fischen sei und ich habe gesagt, gar
nichts, da ist gar nichts mit diesen Fischen.

Da habe ich gelogen, als ich sagte, ich wisse nicht, was mit diesen Fischen sei, denn ich weiss es sehr wohl. Ich habe geschwiegen, als ich nichts sagte und ich habe im Reden geschwiegen, als ich statt über die Fische über dich geredet habe. Noch immer weisst du nichts über diese Fische und was mit diesen Fischen ist und ich habe geschwiegen über die Fische, die ganze Zeit.

Du hast keine Ahnung von diesen Fischen, nur dass ich irgendwann mal Fische erwähnt habe und dass du mich das gefragt hast, was da sei mit diesen Fischen und dass ich nichts geantwortet habe auf deine Frage, und du weisst, dass da etwas ist mit diesen Fischen, ich wüsste ja etwas über diese Fische sagst du, also ist etwas mit ihnen, aber ich habe nichts gesagt über die Fische.

Ich habe bis jetzt über die Fische geschwiegen.

Die Idee wächst auf der Müllkippe, sie reift dort heran, bis sie vom Abfall und dem Tod und dem Verwesungsgeruch und der Verwesung selbst genug gezehrt hat, um sich in sich selbst eingekerkert in einem Kokon zu brüten, dort, in dieser Gefangenschaft noch weiter an ihrem tödlichen Gift zu arbeiten, um dann, in einem erlösenden Ausbruch die Flügel zu erheben

Und in ihrer tödlichen Schönheit aufzusteigen.

Die Flügel sind von solch anmutiger Schönheit, dass jeder, der sie sieht, ihr sofort verfallen muss, von solch bizarrer Schönheit sind die Flügel der Schmetterlinge, die noch duften süss von Verwesung und dem Tod, in dem sie brüteten und den sie herbeiführen werden und sie verführen die schwachen Betrachter in ihrer Einfachheit und weil sie schön sind und bizarr.

Was gibt es wunderlicheres als als einen Gedanken?

Dieser Falter des Todes, dessen Made auf dem Abfall gebrütet hat und brütet, auf all dem angesammelten Müll und in dem eingetrockneten Blut und dem verwesenden Fleisch, von da aus unternimmt der Falter wieder seine Reise und verführt die Betrachter und bereitet den Nistplatz für seine eigenen Nachkommen vor. Bereitwillig stürzen sie sich und streiten und schlachten sich und sind überzeugt und sehen vor sich den Schmetterling fliegen und straucheln ihm nach und versuchen hastig ihn einzufangen und den sie doch nie erreichen. Dieser Umstand muss sie so sehr betrüben, dass sie allen, allen, die genauso hilflos dem Schmetterling nach stolpern, neidisch werden und sehen, dass bloss durch deren Ungeschick sie den Schmetterling nicht fangen können und so metzeln sie sich gegenseitig nieder, ungeachtet der Tatsache, und das übersehen sie, dass der Schmetterling sie einzig und allein dazu benutzt hat, um jetzt seine eigenen Eier in ihre Leichen einzulegen und zu zehren vom Geruch des Todes, der sich über alles gelegt hat.

So brüten die Maden in diesen Leichen und nisten sich ein zwischen den Muskelfasern und in den Gehirnen der Vergammelnden, recken ihre roten Köpfchen in die Höhe, in die nicht frische Luft und warten auf den Moment, in dem sie von neuem sich einkerkern können und schlüpfen können und anrichten können die Schlacht.

III. An den Stränden der Küste

ansage

schwämme saugen auf
erlassen durch pressen ihren inhalt
schwimmen auf
und überschwemmen das wasser

unterwasserfluss

wir sind die toten kinder
aus dem unterwasserfluss
der leviathan taucht ab
was willst du?
lass uns fliessen

spring brings summers spring
spring evolves
summer springs
fall falls in
summer falls
fall arises
the rose is dead
winter wins again

auf einem weg

ich kam als pimpilimpi
und ging als tokoloko

von neuem beginnt es

die zeiten sind in aufruhr
die platten verschieben sich
alles ändert sich langsam unmerklich
bestimmt
niemand weiss
wohin es führt

ein träumer

rettet es mich, wenn ich lebe?
es heisst, ich sei ein träumer
wenn ich in den worten schwebe

auf einem scheiterhaufen

verbannt habe ich aus meinem leben
was ich leben nenne
stattdessen habe ich den tod genommen

e tonne tön töned wie e mülltonne tönt
münd mülltonne wie mülltonne töne?
mülltonne töned wie mülltonne töned
e million mülltonne töned wie e tonne tön töned
millione mülltonne töned wie e tonne tön töned
e tonne tön töned wie e mülltonne

münd mülltonne wie e tonne tön töne?
mülltonne töned wie e tonne tön töned
e tonne mülltonne töned wie e tonne mülltonne
mülltonne töned wie mülltonne töned
münd mülltonne wie e tonne tön töne?

von neuem

während die platten sich verschieben
brodelt es im untergrund
eine grosse bestie macht sich bereit
um von der leine gelassen zu werden
wie lange dauert es noch
bis sie europa
erneut besucht

weitweltsicht

während das chamäleon
uns eine lüge auftischt
und ich mit kaleidoskopischen augen
immer weiter schaue

vergesse ich die zwischenzeilen
die sich turmhoch häufen

ode an die dinosaurier

ein federball
hüpft sorglos dem nichts tun entgegen
sie sagt, manchmal sei es besser
federball zu spielen

am rande des court
stehen erfrischungen bereit
ein sonnegebräunter mann in weissen shorts
hat erstaunliche ähnlichkeiten mit james bond

gesetzt der fall es hätte all dies nie gegeben
auch keine dinosaurier
wer würde dann federball spielen?

ameisen können keine bäume hoch klettern.
ameisen sind kletten,
die an allem kleben,
was ihnen unter die füsse kommt.
demzufolge klettern sie keine bäume hoch,
sie kletten sich den bäumen nach.

geschenke für dich

im sommer sind die alleen geschmückt
mit den geschenken für dich
im winter ist alles trist

es stellt sich die frage des gemütes
des überlebens
mitten in dieser öde

blühen die blumen des blutes
sie blühen
auf dem weissen ledersofa

patrizia und markus sterben.
als geschenk basteln ihre freunde einen
 heissluftballon,
der bis zu ihnen in den himmel fliegen soll.
er senkt sich und landet im garten einer
 weihnachtsgesellschaft,
die den ballon zurück in die luft schickt.

der augenblick des abflugs ist der einzige
 friedliche moment
in der zerstrittenen familie
als sie dem abfliegenden ballon zusehen,
der in die nacht verschwindet.

tischler

zu tischler kommen menschen
die einen tisch gefertigt haben wollen

manchmal machen die tischler keine tische
sondern verweilen in der betrachtung

einer wüstendüne
und denken sich sehr viel dabei

wissenschaft

eine neue erfindung schockt die welt
es handelt sich um ein endoplasmatisches retikulum
dessen zweck bis jetzt unbekannt bleibt

die endoplasmatischen retikuli treiben ihr unwesen

wissenschaftlich

die antwort
liegt vor dem gesicht
zwischen den gezwitscherten zweigen
die eine hatte einen oktopuss
die andere war ein raabe
zwischen den beiden geschwistern
entbrannte eine schlacht
die in den gräben endete

ich habe so viele dinge an diese stadt verloren
was die unschuld des denkens betrifft
eine liebe zeit
meinen pass
meine jungfräulichkeit
bezüglich raubüberfällen
meine freiheit

meine unfreiheit
geld orientierung
zufriedenheit ruhe einsamkeit

ich habe in dieser stadt verloren
was es zu verlieren gab

italo western

italienischer farbfilm erkenne ich am horizont
vergesse die zurückbleibenden meilen
den ausgestreckten strand dazwischen
eine lücke hat sich eingeschlichen
vergeblich finde ich sie

italienischer farbfilm in der dunkelkammer
bevor ich angefangen habe
liegt die strecke bereits hinter mir
ohne mein zutun

ist etwas geschehen ich
verdächtige mich etwas getan zu haben
ich bleibe trotzdem hier
beim italienischen farbfilm
in der dunkelkammer

baden im klaren fluss
der fluss der zeit
ist über die ufer getreten
hat sich träge aufgespalten
in viele arme und nackte beine

wir essen eis
wie eine meerjungfrau gleitet
sie durch das wasser
durch den ganzen sommer lang

ihr haar erscheint golden
als viele kleine fäden

wenn sie auftaucht bleibt es kleben am kopf

IV. *Befindlichkeiten*

du lässt den sand der zeit
langsam durch deine zarten finger gleiten

halte ihn nicht zurück
im schatten der bäume unsere haut nur erhellt

vom fernen licht des festes
in unseren ohren

nur die fernen rufe
wird die zeit still stehen für uns

wird die welt den atem halten
die brandung des meeres rauschen

wenn die küsten unserer
lippen aufeinander treffen

das nichts tun hat mich träge gemacht
es raubt mir die sinne

ich liege tagelang im bett
und trotzdem wird nichts besser
ich ertrage menschen nicht mehr
mit einigen ausnahmen
sie dürfen alles
die ausnahmen egal
was sie tun

sie haben mein einverständnis
meine zusage
meine unterstützung
mein verständnis
das sind die menschen die ich nahe
am herzen halte und von ihnen nahe
am herzen gehalten werden möchte

es gibt nichts das sie nicht tun dürfen
oder sagen oder denken oder sein dürfen
weil der ausgangspunkt von dem sie gehen
grossartig, grossartig ist

befindlichkeit des sommers

der sommer ist vorbei gezogen
hinter geschlossenen läden habe ich ihn
misstrauisch beäugt

was sollte diese trügerische hitze?
kaum habe ich mich an sie gewöhnt wird sie
eingetauscht in bewölknis

er dauert kurz
der sommer

darum denken alle
es gelte ihn ausreizen
das ist falsch
das gegenteil ist wahr
es ist ihm die kalte schulter zu zeigen
ihn zu ignorieren

damit er einem nicht den verstand
aus den beiden hälften brennt

und wieder du

du bist angekommen
mit grossem tratram traram
ich habe es gesehen

ich bin dir ausgewichen schön
dass du wieder da bist ich habe
mit dir geredet

es gab in den stillen sekunden verbundenheit
dann bist du verschwunden
und keiner weiss wann
du wieder auftauchst

am ende befindlichkeiten

ein tag geht zu ende
es ist der letzte seiner art
morgen schon
wird es kälte geben
unerbittlich der regen regnen

ein sprung ein letzter
ins wasser

du kennst mich

du machst mich wütend mit deiner stummen art
wie du mir zu verstehen gibst dass ich dich störe
anstatt es auszusprechen
baust du heimlich wut in dir auf
so machst du es mir einfach
dir dabei zu zuschauen
und manchmal mit einem ast
in den ameisenhaufen reinzustochern
auf dass ich lachen muss
ab deinem fauchen

und ich dich auch

fauchi fauchi fauchi
machst du wenn ich dich
mit den spitzen meiner augen piekse
fauchi fauchi fauchi
wenn ein lächeln ganz unschuldig
meine lippen streift
fauchi fauchi fauchi
wenn ich wieder an der falschen
stelle stehe
fauchi fauchi fauchi
mit deinen kleinen katzen krallen
die weit ausgefahren
fauchi fauchi fauchi
mich kitzeln und zum
lachen bringen

Inhalt

I. Die Löcher im Parkett

ansage
eins
nachmittag / vorleben
umschweife / verzögerung
die liebe meines lebens
vorahnung
zwischenzeiten
quine
schon wieder du
rancune
eine andere ausgangslage
zwei
in den spalten der gabel

II. Im Schatten des Serail

Von Kapstadt nach Kathmandu
Eine Welt geht unter
Im Schatten der Serail
Das Schweigen der Fische
Das Scheitern der Schmetterlinge

III. An den Stränden der Küste

ansage
unterwasserfluss

journey into the unknown
auf einem weg
von neuem beginnt es
ein träumer
auf einem scheiterhaufen
die tönenden mülltonnen
von neuem
weitweltsicht
ode an die dinosaurier
ein R
geschenke für dich
geschenke
tischler
wissenschaft
wissenschaftlich
umsk
italo western
ich habe dich gesehen

IV. Befindlichkeiten

mal war es
mein herz im bett
befindlichkeit des sommers
und wieder du
am ende befindlichkeiten
du kennst mich
und ich dich auch

Carlo Spiller, 1990 in Zürich geboren, studierte Germanistik und Philosophie an der Universität Zürich, danach am Schweizerischen Literaturinstitut. Zahlreiche Auftritte bei Poerty Slams im deutschsprachigen Raum. Er schreibt Prosa, Lyrik und Theatertexte.

www.carlospiller.com

Originalausgabe

1. Auflage 2015
300 Exemplare

Amsel Verlag Zürich
Limmatstrasse 197
CH-8005 Zürich
info@amselverlag.ch
www.amselverlag.ch

Umschlag und Satz:
Anneka Beatty
www.annekabeatty.ch

ISBN 978-3-906325-12-5

AMSEL
VERLAG